Curiosités bibliographiques

LA PIPE CASSÉE

[illegible]

Épitragipoissardihéroïcomique

A ROUEN
CHEZ J. LEMONNYER, LIBRAIRE

1879

CURIOSITÉS BIBLIOGRAPHIQUES

LA

PIPE CASSÉE

JUSTIFICATION DU TIRAGE

			Numéros.
10 exemplaires	sur papier de couleur. . . .		1 à 10
50	—	sur papier whatman	11 à 60
290	—	sur beau papier vélin teinté.	61 à 350

N°

ÉVREUX, IMPRIMERIE DE CHARLES HÉRISSEY.

VADÉ

LA PIPE CASSÉE

POÈME

Epitragipoissardihéroïcomique

NOUVELLE ÉDITION

ENRICHIE DE VIGNETTES EN TAILLE-DOUCE

ROUEN
CHEZ J. LEMONNYER, LIBRAIRE
Passage Saint-Herbland.

1879

AVERTISSEMENT

Je me suis beaucoup amusé en composant ce petit Ouvrage, puisé dans la Nature ; mes amis l'ont plusieurs fois entendu avec plaisir. Nombre de gens de distinction, de goût, et de Lettres, s'en sont extrêmement divertis ; et sur les assurances qu'ils m'ont données que le Public s'en amuseroit aussi, je me hasarde de le lui donner. Il faut pour l'agrément du débit avoir l'attention de parler d'un ton enroué lorsque l'on contrefait la voix des Acteurs ; celle des

Actrices doit être imitée par une inflexion poissarde et traînante à la fin de chaque phrase. L'un et l'autre sont indiqués par les marques suivantes ou guillemets (»).

LA PIPE CASSÉE

POÈME

CHANT PREMIER

Je chante sans crier bien haut,
Ni plus doucement qu'il ne faut,
La destruction de la Pipe
De l'infortuné la Tulipe.

On sçait que sur le Port aux Bleds
Maints Forts à bras sont assemblés,
L'un pour sur ses épaules larges
Porter ballots, fardeaux ou charges;

Celui-ci pour les débarquer,
Et l'autre enfin pour les marquer.

On sçait, ou peut-être on ignore,
Que tous les jours avant l'aurore
Ces beaux muguets à bran-de-vin
Vont chez la veuve Rabavin
Tremper leur cœur dans l'eau-de-vie,
Et fumer, s'ils en ont envie.

Un jour que se trouvant bien là,
Et que sur l'air du beau lanla
Ils chantoient à tour de mâchoire,
Maints et maints Cantiques à boire,
Que gueule fraîche et les pieds chauds,
Ils se fichoient de leurs bachots,
Sans réfléchir qu'un jour ouvrable
N'étoit point fait pour tenir table,
Hélas! la femme de l'un d'eux,
Trouble-plaisir et boutte-feux,
Arrive, et retrousse ses manches;
Déjà ses poings sont sur ses hanches,
Déjà tout tremble; on ne dit mot;
Plus de chansons; chacun est sot.

Jean-Louis que ceci regarde,
Veut appaiser sa femme hagarde,
Mais en vain est-on complaisant
Avec un esprit malfaisant.

« — Tiens! lui dit-il, bois une goutte.
« — Vas-t'en, chien, que l'aze te foutte.
Lui dit-elle en levant un bras;
« Saqueurgué! tu me le payeras.
Et bravement vous lui détache
Un coup de poing sur la moustache.
Jérôme lui saisit les mains,
Dont les jeux étoient inhumains.
« — La paix, dit-il, morgué, commere,
« Vous avez tort. — Allez, copere,
« Vous ne valez pas mieux que lui;
« Vrament, ce n'est pas d'aujourd'hui
« Qu'on vous connoît, gueux que vous êtes;
« A votre avis, les jours de Fêtes
« N'arrivont-ils pas assez tôt?
« Jarni! Si je prends mon sabot,
« Je vous en torcherai la gueule!
« Puis-je gagner assez moi seule
« Pour nourrir quatre chiens d'enfans
« Qui mangeont comme des satans?
« Et ma fille qu'est à nourice!
« La pauvre enfant! Dieu la benisse,
« Un jour alle aura ben du mal!
« Tu nous réduis à l'Hôpital.
« Jérôme, lâche-moi, j'enrage.
« Ah! Tu vas voir un beau ménage,
« Vas sac à vin; crève maudit!
A peine eut-elle ceci dit,

Qu'on vit renforcer l'ambassade
D'un duo femelle et maussade.
Jérôme voyant sa moitié,
Rit à l'envers, frappe du pié;
La Tulipe avisant la sienne
Montée en belle et bonne chienne,
Eût mieux aimé voir un serpent,
Ou le Beau-fils[*] *qui rompt et pend*
Ceux qui point dans leur lit ne meurent.
Enfin tous, interdits, demeurent
Dans un silence furieux :
L'une écrase l'autre des yeux ;
Mais la grosse et rouge Nicole
Recouvrant enfin la parole,
Ainsi que les gestes mignards,
Dit ces mots en termes poissards.

« — *Vous vla donc, Tableaux de la Grève,*
« *Dieu me pardonne! et qu'il vous crève :*
« *Saint Cartouche est votre Patron.*
« *Françoise, tien ben mau chaudron.*
« *Allons vilain coulis d'emplâtre!*
« *Un Diable et puis vous trois font quatre :*
« *Marionnettes du Pilori!*
« *Reste de farcin mal guéri!*
« *Enfans trouvés dans d'la paille!*

[*] Le Bourreau.

« Sans nous vous faites donc ripaille,
« Visages à faire des culs,
« Et trop heureux d'être cocus...
« — Cocus! Interrompit Françoise?
« Nicole, ne cherchons pas noise,
« Si ton chien d'homme est dans le cas,
« Tant pis; mais le mien ne l'est pas...
« — Il l'est. — T'as menti. — Qui, moi? Passe!
Un soufflet. Même pataraphe
Est ripostée. Autres soufflets,
Autres rendus. Adieu bonnets,
Fichus de suivre la coëffure,
Tétons bleux, rousse chevelure
De se montrer aux spectateurs.
Le feu, la rage, au lieu de pleurs,
Sortent des yeux de chaque actrice,
Et dans ce galant exercice
Elles alloient enfin périr,
Si forcé de les secourir,
On ne l'eût fait. Jean se dépêche
De puiser un beau sceau d'eau fraîche,
Et de nos braves s'approchant,
Les tranquillise en leur lâchant
Le tout à travers les oreilles.
Ce remede fit des merveilles;
On but beaucoup par là-dessus,
Et bien-tôt il n'y parut plus.
Les voilà d'accord. La paix faite,

Jean-Louis chante, et l'on répète :
Or voici donc ce qu'on chanta,
Et ce que chacun répéta.

CHANSON DE MANON GIROUX

Queu qui veut sçavoir l'histoire
De Manon Giroux,
I l'ont encore dans la mermoire,
Y accoutez tretoux ;
All' n'est pas guere à sa gloire,
Mais dam voyez-vous,
C'est qu' quand on zaim tant à boire
C'est pus fort que nous.

Pour entrer dans la maquiere
Faut sçavoir d'abord,
Qu'alle a fait longtemps la fiere
Le soir sur le Port :
Les Messieux de not Barriere
D'sous l'bras la prenant,
Alle en avoit par darriere
Et pis par devant.

Bachot de la Guarnouillere
S'croyoit son futur,

On l'avoit fait son copere
Pour qu'ça fut pu sur !
Manon fesant d'la z'hupée
Comm' quand on za d'quoi,
Dit, i m' faut un homme d'épée,
N' pensez plus t'a moi.

Bachot de la parference
Piqué comme un chien,
Pour afin d'avoir vangeance
Fait semblant de rien :
Manzelle, n'y a pas d'réplique,
Dit-il, mais demain :
Quittons-nous comm' ça s'pratique,
Le verre à la main.

Ha vraiment, Monsieux, c'est juste,
Drès demain c'est fait,
Manzelle Giroux s'ajuste,
Met son mantelet :
Bachot y tout s'endimanche,
Prenant Cornichon,
Tous trois vont casser l'éclanche
Y au premier bouchon.

Vla qu' pendant qu' Manon chopine
Cornichon qui part,
Vers les commis s'achemine

Tout comme un mouchart :
Gn'a, dit-il, une Marchande,
Messieux t'ici près,
All' a de la contrebande
Tout plein des paquets.

Bachot varsant à sa belle
Toujours queuques coups,
S'amuse à d'la bagatelle
Autour des genoux.
D'abord son œil alle roule,
Dam' lui qui voi ça,
Dit sur vot' respect ma poule,
Faut passer par là.

Alle en avoit sa cornette
Encor de travers,
'Vla les Commis en cadnette
Et zen habits verds :
Tout un chacun de surprise
Tumbit de son haut,
De voir Manon Giroux grise
S'qu'e un grand défaut !

Quoi c'est vous, Mademoiselle,
Dit l'un d'ces Messieux,
Yament vot' partie est belle
Fi qu'ça est zhonteux.

Est-ce ainsi qu'on se coporte :
C'est bon t'a sçavoir,
Puis tous ils gagnent la porte
Lui fichant l'bon soir.

Vous que cet exemple touche,
Ça vous fait bien voir,
Que fille qu'est sur sa bouche
Manque à son devoir,
Et par cette historiette
On z'est convaincu,
Qu'il ne faut pas que l'on pette
Plus z'haut que le cul.

« — Alle est drôle, dit la Tulippe,
« En bourant de tabac sa pipe ;
« Mais buvons t'un coup. — C'est ben dit,
« Si gn'en avoit. — J'avons crédit.
« — C'est, dit Jérôme, pas la peine,
« Allons achever la semaine,
« C'est demain Dimanche, j'irons
« Entendre Vêpres aux Porcherons.

DEUXIÈME CHANT

Voir Paris, sans voir la Courtille,
Où le Peuple joyeux fourmille.
Sans fréquenter les Porcherons,
Le rendez-vous des bons Lurons;
C'est voir Rome sans voir le Pape.
Aussi, ceux à qui rien n'échape,
Quittent souvent le Luxembourg
Pour jouir dans quelque Fauxbourg
Du spectacle de la Guinguette.

Courtille, Porcherons, Villette!
C'est chez vous que puisant ces Vers,
Je trouve des tableaux divers;

Tableaux vivans où la Nature
Peint le grossier en miniature.
C'est là que plus d'un Apollon
Martirisant le Violon,
Jure tout haut sur une corde.
Et d'accord avec la Discorde,
Seconde les rauques goziers
Des Fareaux de tous les Quartiers.

C'est aussi là qu'un beau Dimanche,
La Tulipe en chemise blanche,
Jean-Louis en chapeau bordé,
Et Jérôme en toupet cardé,
Chacun d'eux suivi de sa femme,
A l'Image de Notre-Dame,
Firent un ample gueuleton.
Sur table un dur dodu Dindon,
Vieux comme trois, cuit comme quatre,
Sur qui l'appétit doit s'ébattre,
Est servi, coupé, dépescé,
Taillé, rogné, cassé, sauscé.
Alors, toute la troupe mange
Comme un Diable, et boit comme un Ange.

« — *A ta santé, toi.* — *Grand marci;*
« *J'allons boire à la tienne aussi.*
« *Hé! Françoise, hé! tien si tu l'aime,*
« *Prends ce pilon.* — *Prends-le toi-même,*

« Chacun peut ben prendre à son goût,
« En vla très-ben, et si vla tout.
« Avons-je pas une salade?
« — Non, non, ça te rendroit malade.
« — Ce n'est qu'quinz'-sols. — C'en est ben vingt.
« Qui nous vaudront deux pots de vin;
« Pour six une grosse volaille,
« Est autant qu'il faut de mangeaille;
« Pas vrai, Jean-Louis?... Réponds donc?
« Pas vrai qu'au lieur. — Oui, t'as raison;
« Mais varse-nous toujours t'a boire,
« Eh! vrament ma Commere voire,
« Hé! vrament ma... Verse tout plein,
« Il semble que tu nous le plain.
« — Moi! mon guieu non, ben du contraire;
« C'est que tu zhausses en haut ton verre.
« — J'ai tort. Avons-je du vin? — Non.
« — Parlez donc, Monsieux le Garçon,
« Apportez du Pivois, hé vite!

Aussi-tôt la parole dite
On renouvelle l'abreuvoir;
C'est alors qu'il faisoit beau voir
Cette troupe heureuse et rustique,
S'égayer dans un choc bachique.
Vous, Courtisans, vous, grands Seigneurs,
Avec tous vos biens, vos honneurs,
Dans vos fêtes je vous defie,

De mener plus joyeuse vie.
Vos plaisirs vains et préparés
Peuvent-ils être comparés
A ceux dont mes Héros s'enyvrent ?
Sans soins, sans remords ils s'y livrent;
Mais vous, prétendus délicats,
Dans vos magnifiques repas,
Esclaves de la complaisance,
Et gênés au sein de l'aisance,
Prétendez-vous sçavoir jouir?
Non; vous ne sçavez qu'éblouir.
Avec vos rangs, vos noms, vos titres,
Vous croyez être nos arbitres!
Pauvres gens! Vos fausses lueurs
N'en imposent qu'à vos flatteurs;
Votre orgueil nourrit leur bassesse,
Toujours une vapeur épaisse
Sort de leur encens empesté,
Et vous masque la vérité.
Il est un Prince qu'on révère,
Pour qui l'Univers est sincère,
Qu'on aime sans espérer rien.
— Qui? — C'est votre Maître et le mien,
Demandez son nom à la Gloire.
C'est assez dit. Parlons de boire.

Cependant, las de godailler,
Nos Riboteurs veulent payer;

Pour payer demandent la carte,
Et par-dessus un jeu de Carte.
Sitôt parlé, sitôt servis;
« *— Mais, dit Nicole, à votre avis,*
« *Combien avons-je de dépense,*
« *Monsieux? Lisez-nous ste sentence.*
— Le total? « *— Oui. — Cinquante sols.*
« *— Cinquante sols! Je vous en fous,*
« *C'est trop cher. — C'est trop cher, Madame,*
Je veux que le Diable ait mon ame
Si je ne vous fais bon marché.
« *— Allez, Monsieux le déhanché,*
« *Vous serez content de la bande;*
« *Adieu, morceau de contrebande.*

La même table qui servit
D'Autel à leur rude appétit,
Sans choix, fut à l'instant choisie
Pour leur servir de tabagie.
C'est là que le trio d'époux
Du hasard éprouvant les coups,
Goboit goujon, couleuvre, anguille,
En jouant à la Biscambille
Un contre un, écot contre écot,
Tandis que Nicole et Margot
Fesoient compliment à Françoise
Sur son casaquin de siamoise,
Afin que Françoise à son tour

Civilisât leur propre amour.
(Propre amour! Le terme est impropre!
Pour bien dire, on dit amour-propre...)
Soit, je ne veux pas disputer,
Mon but n'est que de raconter.
Mais revenons à notre histoire.
J'en suis, si j'ai bonne mémoire,
A la réponse que fesoit
Françoise à ce qu'on lui disoit.
« *— Mon casaquin! Leur répond-elle,*
« *Vaut ben ce chiffon de dentelle*
« *Qui vous entourre le cervieau;*
« *C'est comme une fraise de vieau*
« *Tous ces plis qui sont sur ta tête.*
« *— Tu raisonnes comme une bête,*
« *Lui dit Nicole, et pour un peu,*
« *Françoise, tu varois beau jeu.*
« *Je te louons sur ta parure,*
« *Et tu prends ça pour une injure!*
« *T'as tort. — Moi tort? — Vante-t'en-z'-en :*
« *Garde ton casaquin de bran,*
« *Ou mange-le, que nous importe;*
« *Il est à toi, car tu le porte,*
« *Et not' garniture est à nous.*
« *— Quoi, dit Margot, vous fâchez-vous?*
« *Queu chien de train! Tien, toi Françoise,*
« *T'as toujours eu l'ame sournoise,*
« *Ton esprit surpasse en noirceur*

« L'Trésorier de note Seigneur :*
« Tais-toi, n'échauffe pas Nicole,
« Autrement tiens, moi je t'acole.
« — Toi m'acoler! Ah je te crains!
« Milguieux! Si je te prends aux crains!
« Tien veux-tu voir? — Oui, voyons, touche;
« Mais touche donc, tu t'effarouche;
« Gueuse à crapeaux, coffre à graillon!
« Tu te pâme, hé vite un bouillon!
« La vla couleur de sucre d'orge;
« L'onguent gris li monte à la gorge;
« Ses beaux yeux bleux devenont blancs;
« Vla comme tu fais des semblans
« Quand ton Croc veut que tu partage
« Avec li ton vilain gagnage.

A ces mots, Françoise pâlit,
L'ardeur de vaincre la saisit,
Et d'un effort épouvantable,
Elle arrache un pied de la table,
Qui d'un bout tombant en sursaut,
Va chercher à terre un tretteau.
De ce coup les cartes sautèrent :
Nos joueurs transis se levèrent,
Mais se levèrent assez tôt
Pour sauver la pauvre Margot

* Judas.

Du coup qui menaçoit sa vie;
Françoise la suit en furie.
« — *Je veux, dit-elle, me vanger,*
« *A votre barbe la manger ;*
« *Comment! Qui moi? J'aurai la honte*
« *De voir qu'à mon nez on m'affronte!*
« *Ah j'y perdrois pus-tôt mon cœur !*
« *Mon cul! Ma gorge! Mon honneur!*
« *Te vlà donc, chienne! ôtez-vous, gare...*
Elle frappe : Jean-Louis pare
D'une main, de l'autre il surprend
Le bâton, et Jérôme prend
A brasse-corps notre harpie.
« — *Françoise, dit-il, je t'en prie,*
« *Laisse ça là. Venons-je ici*
« *Pour nous battre? Queu diable aussi,*
« *Tu veux toujours gouayer les autres,*
« *Et puis ils t'envoyeront aux piautres;*
« *Chacun son tour. Çà, finissons,*
« *Je te prends pour danser, dansons.*
« *Prends Nicole, toi la Tulipe,*
« *Quitte pour un moment ta pipe,*
« *Morgué tu fumeras tantôt,*
« *Et toi, Jérôme, prends Margot.*
« *S'talla des trois qui la première*
« *Aura d'la mauvaise magnière,*
« *Je l'écrasons, alle verra,*
« *Ou le Diable m'écrazera.*

« Monsieux le Marchand de cadence,
« Vendez-nous une contredanse
« Sur l'air d'un nouveau cotillon.

Soudain il sort d'un violon,
Qui par sa forme singulière
Avoit l'air d'une souricière,
Des sons que les plus fermes rats
Auroient pris pour des cris de chats.

Après la belle révérence,
On part en rond, chacun s'élance,
Saute et retombe avec grand bruit.
Sous leurs pieds la terre gémit.
La haine de Margot la fière
S'envole parmi la poussière.
Françoise n'est plus en courroux,
Ses yeux ont un éclat plus doux;
Nicole n'a plus de rancune,
La paix entre eux devient commune;
Même on les vit s'entre-baiser
Quand ils furent soûls de danser.

L'heure de retourner au gîte
Venant pour eux un peu trop vite,
Il fallut payer sur le champ,
Et, comme on dit, ficher le camp :
C'est sans dire adieu ce qu'ils firent,
Et de très-bonne humeur sortirent.

Tous six se tenant sous le bras,
Alloient plus vite que le pas.

Pour moi, je pris une autre route,
Et m'acheminant sans voir goutte,
J'arrivai chez moi plutôt qu'eux,
Tête pleine et le ventre creux.

TROISIÈME CHANT

Le travail, les soins et la peine
Furent faits pour la gent humaine.
Il est des travaux différens,
Selon les états et les rangs.
Tout le monde ne peut pas naître
Prince, Marquis, Richard, ou Maître;
Mais chacun vit de son métier;
Vive celui de Maltôtier:
C'est où la bizarre fortune
En suant roule la pécune
A la barbe des pauvres gens.
Serons-nous toujours indigens,
Nous dont les labeurs d'une année

N'acquitteroient point la journée
Qu'un Sous-Traitant passe à dormir?
Espérons tout de l'avenir.
Mais en attendant qu'il nous vienne
Un sort heureux qui nous maintienne
Dans un état toujours oisif,
Il faut moi, que d'un air pensif
Je cherche et trouve par ma plume
Le Tabac que par jour je fume;
Car non content d'être rimeur,
J'ai le talent d'être fumeur!
Il faut pour la paix du ménage
Que Jean-Louis se mette en nage
En travaillant au bois flotté;
Que Jérôme de son côté,
Comme la Tulipe d'un autre,
Suivant les loix du Saint Apôtre,
Aillent chrétiennement chercher
De quoi dîner, souper, coucher;
Que leurs femmes laborieuses,
De vieux chapeaux, fières crieuses,
En gueulant arpentent Paris,
Pour aider leurs pauvres maris.

Lorsque leur Ange tutélaire
Les conduit vers un Inventaire,
Pour elles c'est un coup du Ciel.
Un jour sur le Pont Saint-Michel

Il s'en fit un. Elles s'y rendent.
En arrivant elles entendent
A vingt sols la table de bois!
Une fois, deux fois, et trois fois,
Adjugez. « — Quoi donc qu'on adjuge?
« Tout doucement, Monsieux le Juge,
« Dit Nicole, je mets deux sols.
— Par dessus? « — Où donc? Par-dessous
« Tien! Veut-il pas gouayer le monde!...
« C'est dommage qu'on ne le tonde,
« Car ses cheveux sont d'un beau blond!
« — La mère vous en sçavez long,
Dit l'Huissier, emportez la table.
« — Hé mais vrament, Monsieux capable!
« Reprend Margot, chacun pour soi... »
« — Hé par la saguergué, tais-toi,
« Dit Françoise en haussant l'épaule,
« Laisse Monsieux jouer son rôle,
« Vas-tu gueuler jusqu'à demain!
« Note maître, allez vote train.

Soudain meubles de toute espèce
Furent vendus pièce par pièce;
Mais nottez que chaque achetant
Recevoit son paquet comptant
De la part de nos trois commères:
Quiconque poussoit les enchères
Un peu haut étoit empoigné

Et s'en alloit le nez cogné ;
Témoin une jeune fringante,
En mantelet, robbe volante,
En bonnet à grand papillon,
Qui la dansa, mais tout du long.
Ce fait vaut bien qu'on le distingue,
C'est à propos d'une seringue,
Qui par elle mise hors de prix,
De Françoise excita les cris.
« — C'est pour vous! Gardez-la, dit-elle.
« Hé! Margot? Vois donc s'te d'Moiselle!
« Sa figure a ma foi bon air!
« C'est un p'tit chef-d'œuvre de chair!
« Parlez donc, la belle Marchande?
« C'est-t'y pour laver vote viande
« Que vous emportez ce bijou?
« Vous vous récurez plus d'un trou!
« — Vous êtes une impertinente,
Dit la demoiselle tremblante,
« Cessez un propos clandestin.
« — Allez! J'n'entendons pas l'latin,
« La Belle, crandestin vous-même,
« Avec son visage à la crême!
« Et puis ses deux yeux mitonnés!
« Quoi donc qu'alle a dessous le nez
« Qu'est noir! Monguieu! C'est une mouche
« Allez! Qu'un cent d'Suisses vous bouche!
« Pour le coup, mon chien de poulet,

« *C'est ben la mouche dans du lait.*
« *Quoi! Vous vous en allez, ma reine!*
« *Adieu, bel Ange. Ah! la vilaine,*
« *Qui donne à tetter à son cu!*
« *Allez seringue! — Y pense-tu,*
« *Dit Margot, veux-tu ben te taire,*
« *Gueule de chien, vla l'Commissaire.*
« *— Çà! tu gouayes, c'est un Abbé.*
« *Pargué va, le vla ben tumbé,*
« *S'il vient pour nous ficher la gance.*

Mesdames, un peu de silence,
Leur dit modestement l'Huissier.
Ensuite il se met à crier
Un Jupon d'étamine noire,
Qu'on prit d'abord pour de la moire,
Tant les taches l'avoient ondé.
Margot l'ayant bien regardé,
Passe d'un sol. On le lui laisse.
Soudain l'Abbé fendant la presse,
Sur-offre de dix-huit deniers.
« *— Bon! Les offrez-vous tout entiers!*
« *Dit Margot faisant la grimace,*
« *Par ma foi, Monsieux Boniface;*
« *Quand vous auriez quatre rabats,*
« *Vla l'jupon, mais vous n'l'aurez pas.*
« *Son mantiau tumbe par filandre!*
« *Au lieur d'acheter faut vous vendre.*

« T'nez, rapportez-vous-en à nous,
« A six blancs l'Abbé de deux sols !
« Le veux-tu prendre toi, Nicole ?
« — Qui, moi ? Tiens, je serois donc folle ;
« Je perdrions moitié dessus.
« — Françoise ? et toi ? — Ni moi non plus ;
« Tu le garderas toi, je parie ?
« Moi ? J'n'avons pas d'ménagerie ;
« Qu'en ferons-je donc ? Dame ! Voi.
« — Voi toi-même, allons, parle. — Moi ?
« J'en fais un heurtoir de grand'porte.*
« Et toi ? — Moi ! Que l'Diable l'emporte,
« Il en fera son Aumognier.

L'Abbé penaut comme un panier,
Dit : — Vous êtes des harrangères,
Finissez, trio de mégères.
« — Ménagères ! Quand je voulons,
« Avec ses souliers sans talons !
« Le vla dans un bel équipage,
« Pour parler de note ménage !
« C'est vrai ! Quoi qu'il vient nous prêcher ?
« Ne t'avise pas d'approcher,
« Car le Diable me caracole,
« Si je ne t'applique une gnole
« Qui tiendroit chaud à ton grouin,

* Figure hideuse à laquelle on attache le marteau.

« Diable de Peroquet à Foin!
« Mousquetaire des Piquepuces!
« Jardin à poux, grenier à puces.

Elles l'auroient mangé, si on
N'eut remis la vacation
A deux heures de relevée.
Ce n'étoit là qu'une corvée
Pour nos trois femelles. Aussi
En revanche, l'après-midi
Mains effets elles achettèrent,
Puis chez elles s'en retournèrent;
Où leurs trois maris cependant
Chopinoient en les attendant.

Les nipes sur la table posées,
Et les commères reposées,
Il fallut vuider, ou lotir,
Cela veut dire répartir
L'achat des meubles fait entre elles;
Bon sujet à bonnes querelles.
Margot déjà commence par
Sauter sur la meilleure part;
C'étoit un rideau de fenêtre.
« — Tu laisseras ça là peut-être,
« Dit Françoise, ou ben j'allons voir.
Nicole qui le veut avoir
Aussi bien que ses deux compagnes,

Dit : « — Tu le vois, et tu le magnes ;
« Mais vla qu'est ben, restes-en là.
« — Qui toi! Chaudière à cervela!
« S'te vieille allumette sans souffre!
« Monguieu! Vla qu'alle ouvre son gouffre!
« Prenez garde, all va m'avaler.
« — Vas, tu fais ben de reculer,
« Dit Margot, contre ton chien d'homme,
« Car sans ça, tien, tu verrois comme
« J'équiperions ton cuir bouilli!
« Cadavre à moitié démoli!
« Vas, poivrière de Saint-Côme,
« Je me fiche de ton Jérôme!
Alors sautant sur le rideau,
Elle en arrache un grand lambeau.
Françoise, de son côté tire,
Et tire tant, qu'elle déchire
Même portion que Margot ;
Nicole eut le troisième lot,
Non sans vouloir faire le Diable ;
Mais Jean-Louis d'un air affable,
Voulant appaiser le débat,
Leur dit : « — Sagueurgué, queu sabbat!
« Tien femme, agonise ta goule!
« Crois-moi : milguieux, si j'étois soule,
« J'dirois, hé ben! c'est qu'alle a bu.
« Finis donc! Un chien qu'est mordu
« Mord l'autre itou, coûte qui coûte.

A ce conseil Jérôme ajoute
Son avis, dit-il, écoutez.

« — Pour un rien vous vous argottez.
« Quoi qui vous met tant en colère?
« Des guilles! Vla ce qui faut faire,
« Faut les solir cheux l'Tapissier,*
*« Hé puis partager le poussier**.*

« — Copère, interrompit la Tulipe,
« Je donnerois quasi ma pipe
« Pour être comme toi chnument
« Retors dans le capablement;
« Tu dis ben, faut faire s'te vente,
« Et drès demain dà, je m'en vante,
« Ou ben moi, je fiche à voyeau
« Les pots, les chenets, le rideau,
« Le lit, les femmes, et la chambre.
Lors tremblantes en chaque membre,
Elles firent ce qu'on voulut,
Hé puis qui voulut boire, but.

* Vendre. — ** L'argent.

QUATRIÈME ET DERNIER CHANT

Romains, qu'êtes-vous devenus !
Vous à qui les mœurs, les vertus
Servirent longtemps de parure.
Amis de la simple nature,
Le luxe, idole de Paris,
Etoit l'objet de vos mépris.
Votre sagesse sans limite
Ne mesuroit point le mérite
Au vain éclat de l'ornement,
Et vous sçaviez également
Faire rougir ceux qui sans place,
Sans dignités, avoient l'audace
De ressembler par leur éclat

A ceux qui gouvernoient l'Etat.
Mais ici, quelle différence!
On n'estime que l'apparence;
Et c'est ce qui cause l'abus
Des états, des rangs confondus;
C'est ce qui cause que Françoise,
Pour avoir l'air d'une bourgeoise,
Vient de se donner un jupon
De satin rayé sur cotton :
Que Margot vient de faire emplette
D'une croix d'or, d'une grisette :
Et que Nicole, en s'endettant,
Vient à peu près d'en faire autant.
Mais je les trouve pardonnables;
Leurs dépenses sont convenables
Au motif de leur vanité,
Qu'on doit prendre du bon côté.
La noce de Manon la Grippe,
Propre nièce de la Tulipe,
Cousine de Jérôme, et puis
Filleule enfin de Jean-Louis,
Mérite bien que la famille,
Pour lui faire honneur, fringue et brille;
Mais avant les plaisirs fringans,
On introduit chez les parens
Le futur avec la future,
Et l'on parle avant de conclure.
« — *Ma gnièce, dit Françoise, hé bien,*

« *Et vous, mon n'veu (car vous s'rai le mien)*
« *Vous vous mariez, ça me semble,*
« *Pour afin d'être joints ensemble;*
« *Ça vous fera ben de l'honneur,*
« *Vous paroissez bon travayeur,*
« *Et ma gnièce est une vivante*
« *Qui sçait se magner. — Ah ma tante!*
« *Vous avez ben de la bonté.*
« *— Non, foi de femme, envertél!*
« *Vas, j'te connois, t'as du ménage,*
« *Et c'est s'qu'il faut pour l'mariage.*
« *Dame, quand t'auras des enfans,*
« *Pour qu'ils soyont honnêtes gens,*
« *Devant eux faudra pas se battre,*
« *Jurer, ni boire comme quatre,*
« *Ni riboter aveuq s't'ici*
« *Pour faire enrager ton mari,*
« *Tu m'entends ben, pas vrai? — Sans doute,*
« *Dit Manon, et si j'vous écoute,*
« *Ma foi, c'est que je le veux ben,*
« *Avec vos beaux sermons de chien,*
« *Semble-t-'y pas qu'on vous ressemble?*
« *Allez, quand on za peur on tremble.*
« *— Quoi, dit la tante, cul crotté,*
« *T'as ben d'la glorieuseté!*
« *Tu n'es qu'une petite gueuse!*
« *Ta mère étoit une voleuse!*
« *Et ton père un croc. — Parle donc,*

« Dit Margot, diable de guenon!
« Deffunts mon cousin, ma cousine,
« Étiont près de toi de la farine,
« Creuset à malédiction!
« T'as donc l'enfer en pension
« Dans ta chienne d'âme pourie?
« Vieille anguille de la voirie:
« Guenipe. — Moi guenipe! Moi!
« Margot! Mon p'tit cœur! Bon pour toi.
« Guenipe est le nom qu'on te garde,
« J'n'avons point de fille bâtarde;
« Et flatte-toi qu'un souteneur
« N'a pas trempé dans note honneur,
« Mouche-toi, va, car t'es morveuse!...
A ces mots, Margot furieuse,
Grinçant les dents, roulant les yeux,
Lève un poing, mais entre elles deux
Nicole adroitement se jette.
« — Allez, que l'diable vous vergette,
Leur dit-elle en les séparant.
Mais Margot en se rapprochant
Allonge et lève une main croche.
A mesure qu'elle s'approche,
Nicole en riant la retient:
« — Margot? Est-ce que ça convient
« Un jour d'noce; c'est enutile,
« Allons, r'mets-toi dans ton tranquille,
« T'es brave femme, on sçait ben ça.

Ce mot de brave l'appaisa,
Même elle promit à Nicole
D'oublier tout, et tint parole.
Sur-le-champ on vint avertir
Qu'il étoit heure de partir.
On partit, et la compagnie
A la belle cérémonie,
Assista très-dévotement
Le Notaire et le Sacrement
Ayant autorisé la fille,
D'être femme et d'avoir famille,
Et George d'être son époux.
Toute la bande au Pont-au-Choux
S'en va sans prendre de carosse;
C'est pourtant le beau d'une noce!
Mais quand le moyen est petit
Et que l'on a grand appétit,
Il faut se passer d'équipage.
On arrive donc. Grand tapage
Motivé par la bonne humeur,
Fait l'éloge de chaque acteur:
Sur la table une nappe grise,
Est à l'instant proprement mise,
Et bientôt après, le couvert.
« — Monsieux, j'avons faim. On les sert.
Les deux époux, selon l'usage,
Sont placés au plus haut étage.
« — Allons, Margot, tien, passe toi.

« — Moi ? Quand t'auras passé. — Pourquoi ?
« — Pourquoi ! Parce que t'es la tante.
Jérôme qui s'impatiente,
Pour les faire cesser, leur dit :
« — Morgué, tout ça se r'afroidit,
« Assisez-vous donc, queux magnières !
« Vous faut-il pas ben des prières
« Pour vous faire assir ? — Mon guieu, non,
« Nous y' vla-t'-il pas ? — Ah, bon donc !

On s'assied. Le vin, la bombance
Leur impose un joyeux silence ;
Personne ne sert, chacun prend
Au plat, et chaque coup de dent
Est enfoncé jusqu'à la garde ;
L'une se jette sur la barde,
L'autre sur le cochon de lait,
Tandis que d'un fort gras poulet,
Margot ne fait que trois bouchées,
Ses manchettes toutes tachées
Par la graisse qu'on voit dessus,
Semblent des manchettes au jus.
Nicole à qui le gosier bouffe,
Dit : « — Varse à boire, car j'étouffe.
« — Hé pargué, dit Margot, prends-en ;
« J'aim'rois autant être au carcan
« Qu'auprès de toi, car tu me soûle.
« — Eh va-t'-en aux chiens, vilain moule,

« *As-tu pas peur qu'pendant s'tems-là*
« *On n'mange ton manger que vla ?*
« *Mais voyez s'te diable de gueule !*
« *T'es bonne; mais c'est pour toi seule :*
« *Car tu sçais la civilité*
« *Comme un rien. A vote santé,*
« *Monsieux, Madame la Mariée?*
« *— Ben obligé. — Ben obligée.*

Les de rechef de tous côtés,
Sont à rasades ripostés :
Chacun crie à fendre la tête.
Françoise qui toujours est prête
A faire entendre son caquet,
Veut crier plus haut : un hoquet
Lui coupe soudain la parole.
Il redouble. « *— Oh, lui dit Nicole,*
« *Ne nous dégueule pas au nez*
« *Toujours. Jérôme lui dit : — T'nez*
« *Pour qu'ça passe, buvez, commère,*
« *C'est l'droit du jeu. — Hé ben, copère,*
« *A cause d'ça, trinquons nous deux,*
« *Voulez-vous? — Pargué, si je l'veux !*
« *J'vous demande si ça s'demande?*
« *Puisque je n'avons pus d'viande,*
« *Buvons d'autant. Hé Jean-Louis !*
« *A boire? Buvons mes amis.*
« *— Ah, dit Nicole, ça m'rappelle*

« Note noce, alle étoit ben belle,
« T'en souviens tu, Jean-Louis? — Qu'trop...
« — Qu'un diable t'emporte au galop;
« Que trop! Voyez s'vieux crocodille!
« Ah l'beau meuble! Quand j'étois fille
« Il v'noit chez nous faire l'câlin;
« T'es ben heureux, double vilain,
« D'm'avoir, car sans ça la misère
« Auroit été ta cuisinière.

Au milieu du bruit qui se fait,
La Tulipe avint son briquet,
Le bat en allongeant la lipe,
Les écoute, et fume sa pipe.
Nicole poursuit son aigreur,
Son homme en rit de tout son cœur.
Ce rire insultant la désole.

« — Ah! tu ris donc! Ris, belle idole :
« T'as raison, ris, oui, ris, va chien;
« Sur mon honneur prends garde au tien.
Françoise dit : « — Quoi qu'tu t'tourmente,
« Vas t'es ben impatientante
« De v'nir comm' ça nous hahurir;
« Finis. — Moi? Je n'veux pas finir;
« Mais voyez un peu s'te Simone!
« L'ordre me plaît; mais quand je l'donne...
« — Oh, dit Jérôme, point d'chagrin,

« Aussi ben vla Monsieux crin-crin.*
« D'la joie! Allons père la Fève
« Raclez-nous ça. Chacun se lève
Et veut danser. Le couple heureux,
D'un air tristement amoureux,
Demande un menuet et danse
Parfaitement hors de cadence :
Le Marié triplant les pas,
Ne sçait quoi faire de ses bras;
Gestes, maintien, tout l'embarrasse.
Son épouse avec même grâce,
D'un air légèrement balourd,
Traîne le pied et tourne court.
Soit qu'elle fut timide ou fière,
Elle n'osoit pas la première
A son danseur donner la main;
Et même jusqu'au lendemain
Elle eut occupé le spectacle,
Si sa tante d'un ton d'oracle
N'eut dit : « — Ma guièce l'aime long;
« C'est-il pour vous seule l'violon?
« Dame, c'est que vous n'avez qu'à dire;
« Croyez-vous qu'jons des pieds de cire?
A ces mots, le couple interdit,
Finit pour faire place à huit.
Une joie épaisse et bruyante,

* Le Violon.

En les fatiguant les enchante,
Tout alloit bien. Quand des fareaux,
Sur l'oreille ayant leurs chapeaux,
Canne en main, cheveux en béquilles,
Entrent sans façons, et les drilles
Dansent sans en être priés.
D'abord l'oncle des mariés
S'oppose à leur effronterie.

« — Vous n'êtes pas d'la copagnie,
« Dit-il, fichez l'camp sans fracas.
« — J'voulons danser. — Ça n'sera pas;
« Pais l'violon. — Moi, je veux qu'il joue.
« — Si c'est vrai, que l'diable me roue,
Dit Jérôme en gourmant l'un d'eux.

Celui-ci le prend aux cheveux.
Jean-Louis arrache la canne
Du second. « — O gueux j'te trépanne!
Fli, flon. La Tulipe à l'instant
Sans se gêner, toujours fumant,
En saisit un à la cravate.
Le courroux des femmes éclate;
Leurs ongles, leurs dents et leurs cris,
Secondent leurs braves maris.
L'horreur s'empare de la salle;
Et jamais à noce infernale
Il ne se fit un tel sabbat.
Enfin, dans le fort du combat,

Un coup lancé sur la Tulipe,
En cent morceaux brise sa pipe;
De douleur il s'évanouit.
Son vainqueur le croit mort, il fuit
Aussi bien que ses camarades.
Françoise par ses embrassades
Rappelle la Tulipe en vain,
Il fallut dix verres de vin
Pour lui rendre la connoissance.
Il revient; un morne silence,
De long soupirs, des yeux distraits,
Avant-coureurs de ses regrets,
Expriment sa triste pensée.
« — Ma pipe, dit-il, est cassée!
« Ma pipe est en bringue, mille guieux!
« Je l'vois ben, oui je l'vois d'mes yeux!
« Quand j'pense comme alle étoit noire!
« N'y pensons pus; il faut mieux boire...
Pour l'oublier il se soûla,
Et la scène finit par-là.

IMPRIMÉ A ÉVREUX, PAR CHARLES HÉRISSEY
Le quatorze juin mil huit cent soixante-dix-neuf
POUR J. LEMONNYER, LIBRAIRE A ROUEN.

CATALOGUE

DE LA

LIBRAIRIE J. LEMONNYER

ROUEN

Rue des Carmes et passage Saint-Herbland.

1879

CONTEURS DU XVIIIe SIÈCLE

Ornés de vignettes à mi-page.

CONTES ET NOUVELLES EN VERS

PAR VOLTAIRE, VERGIER, GRÉCOURT, PIRON, DORAT, SAINT-LAMBERT, ETC., ETC.

2 jolis volumes in-16, papier vergé, caractères elzéviriens, ornés de 46 vignettes en taille-douce et de 4 portraits-médaillons sur les titres, par DUPLESSIS-BERTAUX. Les 2 volumes. 30 fr. »

Il a été tiré à part pour les amateurs, avec justification spéciale et numérotés :

150 exemplaires sur papier vergé de Hollande, petit in-8 écu.	Les deux volumes.	50 fr.
150 exempl. sur pap. Wathman.	—	60
50 exempl. sur pap. de Chine.	—	70
4 exempl. sur peau de vélin.	—	300

CONTES ET NOUVELLES EN VERS

PAR M. DE LA FONTAINE

2 forts volumes in-16, papier vergé, caractères elzéviriens, ornés des 77 charmantes vignettes à mi-page de DUPLESSIS-BERTAUX, de deux portraits-

médaillons sur les titres, et d'un beau portrait de La Fontaine. Les deux volumes. 40 fr. »

Il a été tiré à part pour les amateurs, avec justification spéciale et numérotés :

150 exemplaires sur papier vergé de Hollande, petit in-8 écu.	Les deux volumes.	60 fr.
150 exempl. sur pap. Wathman.	—	70
50 exempl. sur pap. de Chine.	—	80
4 exempl. sur peau de vélin.	—	350

LE FOND DU SAC

Recueil de Contes en vers

PAR NOGARET ET AUTRES CONTEURS DU XVIIIe SIÈCLE

2 jolis volumes in-16, papier vergé, caractères elzéviriens, fleurons et culs-de-lampe, ornés d'un très beau frontispice et de 21 gravures en taille-douce, à mi-page, dans le genre des vignettes de Duplessis-Bertaux. Les deux volumes. 30 fr. »

(*Le premier volume est seul paru. Le second sera mis en vente dans la première quinzaine d'octobre.*)

Il a été tiré à part pour les amateurs, avec justification spéciale et numérotés :

150 exemplaires sur papier vergé de Hollande, petit in-8 écu.	Les deux volumes.	50 fr.
150 exempl. sur pap. Wathman.	—	60
50 exempl. sur pap. de Chine.	—	70
4 exempl. sur peau de vélin.	—	300

Parmi les jolis livres à gravures du XVIIIe siècle, deux des plus rares et des plus affectionnés des amateurs, sont le *Recueil des meilleurs Contes en vers* et *Le Fond du Sac*, édités par Cazin en 1778, avec les charmantes illustrations de Duplessis-Bertaux, et cotés aujourd'hui de 300 à 400 fr.

L'édition nouvelle que M. Leclère, libraire à Paris, fit paraître en 1862, avec le goût délicat d'un véritable bibliophile, fut tardivement appréciée peut-être; mais aujourd'hui elle est vivement recherchée par les amateurs qui la payent jusqu'à trois et quatre fois son prix de publication.

Nous n'avons rien négligé pour que la réimpression que nous annonçons aujourd'hui soit digne de son aînée. Les planches de Duplessis-Bertaux ont été retouchées avec un art infini par M. Lamour, et le tirage des gravures, confié à M. Dorval, imprimeur en taille-douce, lui fait le plus grand honneur. Le papier, fabriqué spécialement pour notre édition, sort de chez MM. Morel et Cie, et M. Hérissey, d'Evreux, donne tous ses soins à l'impression typographique. Malgré un surcroît considérable de dépenses, nous avons donné dans les *Contes de La Fontaine*, UN portrait de l'auteur, avec un joli encadrement genre XVIIIe siècle, et sept figures de Duplessis-Bertaux, que M. Leclère avait, par économie sans doute, négligé de faire entrer dans son édition. Trois de ces vignettes appartiennent à JOCONDE; trois à LA GAGEURE DES TROIS COMMÈRES et une au ROI CANDAULE.

Le FOND DU SAC a été tellement augmenté, qu'il forme une véritable publication nouvelle et inédite. Au lieu des dix-huit contes de Nogaret que contenait le FOND DU SAC de M. Leclère, notre premier volume seul en contient cinquante-huit, empruntés tous aux CONTES EN VERS du même auteur, édition rarissime de *Paris, Debray*, 1810, deux volumes in-12. Toutes les vignettes de l'ancienne édition servent à l'illustration de ce premier volume, qui renferme en plus une charmante vignette inédite.

Le second volume, en ce moment en préparation, contiendra les contes les plus amusants des auteurs du XVIIIe siècle dont les œuvres n'ont point été réimprimées. Il sera orné de 10 charmantes vignettes à mi-page, d'après les dessins de l'un de nos meilleurs artistes, gravés par M. Champollion, dont le talent d'aqua-fortiste est aujourd'hui si apprécié des amateurs.

SOUSCRIPTION

Les trois ouvrages précédents se vendent séparément, aux prix indiqués.

Nous avons établi pour les souscripteurs aux six volumes, une réduction de 25 p. 100 en moyenne sur les divers papiers des CONTES DE LA FONTAINE.

Le prix des six volumes, *par collection*, se trouve ainsi fixé :

Format in-16 vergé, le volume.		15 fr. »
Papier vergé, in-8 écu, le volume.		25 »
Papier Wathman.	—	30 »
Papier de Chine.	—	35 »

Le payement des volumes se fait au comptant, après réception.

Des délais spéciaux sont accordés aux libraires qui sont en compte avec notre maison.

Nous donnons ci-contre, un spécimen du caractère et des gravures de notre réimpression.

Spécimen du texte et des gravures.

LES CERISES

CONTE TIRÉ DU « MOYEN DE PARVENIR »

Certain Seigneur, le nom n'importe guère,
Étoit l'effroi, la terreur du pays;
Hardi quiconque eût osé lui déplaire :
Personne aussi ne l'avoit entrepris
Impunément. Pour n'avoir point de guerre,
Voisin n'étoit qui ne lui fit la cour.
Pour ses ébats il pointoit sur sa tour
Des fauconneaux, attendant en liesse
Le voyageur; puis, sans lui faire mal,
De dessous lui vous tiroit son cheval.

CURIOSITÉS BIBLIOGRAPHIQUES

Charmantes plaquettes, petit in-8, tirées avec le plus grand soin par Hérissey d'Évreux, sur beau papier vélin teinté, et ornées de fleurons, culs-de-lampe et lettres ornées. Tirage à 290 exemplaires sur ce papier, numérotés de 61 à 350.

Il a été fait un tirage spécial pour les amateurs, à 10 exemplaires sur PAPIERS DE COULEUR, numérotés de 1 à 10, et à 50 exemplaires sur PAPIER WATHMAN, numérotés de 11 à 60.

I. — VADÉ. La Pipe cassée, poème épitragipoissardihéroïcomique. Nouvelle édition enrichie de 4 jolies vignettes en taille-douce, d'après Eisen.

Papier teinté, le volume.	5 fr.	»
Papier Wathman. —	8	»
Papier de couleur. —	12	»

II. — DISSERTATION sur les idées morales des Grecs et sur le danger de lire Platon, par M. Audé, bibliophile.

Papier teinté, le volume.	3 fr.	»
Papier Wathman. —	5	»
Papier de couleur. —	8	»

III. — J.-J. RAPSAET. Les Droits du Seigneur. Recherches sur l'origine et la nature des Droits connus anciennement sous les noms de Droits des premières nuits, de Markette, d'Afforage, Marcheta, Maritagium et Bumède. Réimpression textuelle sur l'édition originale de Gand, 1817.

Papier teinté, le volume. 3 fr. »
Papier Wathman. — 5 »
Papier de couleur. — 8 »

IV. — I. DE BORN. La Monacologie, ou Histoire naturelle des Moines, traduite de l'original latin, par Broussonnet. Réimpression textuelle sur l'édition originale française de 1784, avec nombreuses figures dans le texte.

Papier teinté, le volume. 5 fr. »
Papier Wathman. — 8 »
Papier de couleur. — 12 »

V. — FANTAISIE SCATOLOGIQUE. Une Parodie curieuse de l'*Art poétique* de Boileau, tirée d'un Almanach de poche du XVIIIe siècle, réimprimée pour les Pantagruélistes, avec Avant-propos par Le Corvaisier junior.

Papier teinté, le volume. 2 fr. »
Papier Wathman. — 3 »
Papier de couleur. — 5 »

VI. — VIVANT-DENON. Point de lendemain, conte, orné d'une délicieuse vignette sur acier à mi-page et inédite.

Papier teinté, le volume. 3 fr. »
Papier Wathman. — 5 »
Papier de couleur. — 8 »

En préparation :

VII. — ÉLOGE DE LA SERINGUE, avec un projet pour la perfectionner. Réimpression textuelle sur l'édition originale de 1757, ornée d'une jolie vignette à mi-page.

Papier teinté, le volume. 3 fr. »
Papier Wathman. — 5 »
Papier de couleur. — 8 »

HISTOIRE

DE

MADELEINE BAVENT

Religieuse du Monastère St-Louis de Louviers

PAR

LE R. P. DESMARETS

Réimpression textuelle sur l'édition rarissime de 1652

précédée

D'UNE NOTICE BIO-BIBLIOGRAPHIQUE

ET SUIVIE DE PLUSIEURS PIÈCES SUPPLÉMENTAIRES

Ornée d'un Frontispice et d'une Vue de l'ancien couvent de Saint-Louis, gravés à l'eau-forte.

Rouen, J. Lemonnyer, 1878, un beau volume in-8, de plus de 200 pages, papier de Hollande, caractères elzéviriens. Tirage à 150 exemplaires numérotés. (Quelques exempl. seulement). 20 fr. »

L'un des 25 exemplaires en grand papier vergé de Hollande, tirés dans le format in-4, avec justification spéciale, demi-reliure maroq. rouge du Levant, dos à petits fers, coins, tête dor., non rog. 60 fr. »

— Un second exemplaire en grand papier, superbe reliure d'amateur, avec attributs, riches ornements sur plats et sur le dos, dentelle intérieure, tr. dorée. (*Bosquet.*) 100 fr. »

Ces deux exemplaires sont les seuls qui nous restent en grand papier.

De tous les procès de possession et de sorcellerie, celui

des Religieuses de Saint-Louis de Louviers est à coup sûr l'un des plus intéressants et des plus curieux. S'il n'a pas eu, au point de vue historique, le même retentissement que celui de Loudun, il ne faut peut-être attribuer ce fait qu'à l'arrêt du Parlement de Rouen, qui, pour effacer jusqu'au souvenir de l'inique jugement qu'il avait rendu, ordonna, l'année suivante, la destruction de toutes les pièces se rapportant à cette scandaleuse affaire.

Parmi les documents intéressants qui furent ainsi rigoureusement détruits, il en est un surtout dont la rareté fait aujourd'hui le désespoir des amateurs de curiosités rétrospectives et qui résume à lui seul tous les autres. C'est la *Confession de Madeleine Bavent*, dont nous offrons aujourd'hui aux amateurs une réimpression textuelle.

Nous ne pouvons entrer ici dans de longs développements sur Madeleine Bavent. Il faudrait reproduire en entier la notice historique que nous lui consacrons dans notre réimpression. Ce que nous pouvons affirmer toutefois, c'est que sa *Confession* est un document précieux dans lequel on trouve les plus étranges révélations sur les faits scandaleux qui se passaient au couvent de Saint-Louis. Floquet, dans sa remarquable *Histoire du Parlement de Normandie* lui consacre un long chapitre d'où nous extrayons les lignes suivantes :

« ... Agréable au curé David, Madeleine Bavent n'avait « pas moins su plaire à Mathurin Picard, qui, devenu « directeur, et continuant toutes les infamies établies avant « lui, fit de Madeleine sa complice privilégiée et l'instru- « ment de ses criminels desseins sur le couvent tout entier. « Il faut taire l'impur commerce qui s'était établi entre « l'indigne prêtre et cette folle fille, qu'une violente affection « hystérique livrait en proie à ce satyre; leurs familiarités « coupables, qui, ne gardant aucune mesure, profanaient « chaque jour les lieux saints, l'église, l'autel, l'eucharistie, « la pénitence, et qui, aussi téméraires, aussi imprudentes

« qu'elles étaient infâmes, ne purent pas toujours échapper « aux regards... »

On comprend par ces quelques réflexions de M. Floquet, que nous ayons tenu à ce que notre publication, par son prix et par son tirage, ne pût s'adresser qu'à une catégorie choisie d'érudits et de bibliophiles. Nous l'avons fait précéder d'une *Notice historique*, aussi complète que possible, et d'une *Bibliographie raisonnée* de tous les ouvrages qui s'y rattachent. Elle servira de guide aux amateurs pour compléter le dossier de ce procès de sorcellerie, commencé à Louviers, et qui eut son dénouement sur le bûcher de la place du Vieux-Marché de Rouen.

Parmi les documents assez nombreux qui furent publiés, à l'occasion de ce célèbre procès, trois seulement méritaient les honneurs d'une réimpression. Nous les avons reproduits textuellement sur les éditions originales, à la suite de la *Confession de Madeleine Bavent*, et pour que rien ne manquât à notre livre, nous l'avons orné de deux eaux-fortes représentant *Un Exorcisme au Couvent de Saint-Louis de Louviers*, et la *Vue de l'ancienne Église du Couvent*.

LES VIES

DES

DAMES GALANTES

Tirées

DES MÉMOIRES DE MESSIRE DE BOURDEILLE

SEIGNEUR DE BRANTOME

3 volumes in-16, imprimés avec grand luxe sur papier de Hollande, fleurons, vignettes et culs-de-lampe et ornés de 11 charmantes gravures dessinées à l'eau-forte par Champollion, d'après les dessins de Pille. Tirage à petit nombre, 30 fr.

Il a été tiré en plus pour les amateurs :

1° Dans le format in-16 :

25 exemplaires sur papier Wathman.	60 fr.
25 — — de Chine.	60 fr.

2° Dans le grand format :

160 exemplaires sur papier de Hollande de Van Gelder.	50 fr.
20 exemplaires sur papier de Chine.	100 fr.
20 — — Wathman, dont 10 avec les gravures en premier état.	115 fr.

Toutes les gravures des exemplaires de choix sont AVANT LA LETTRE.

(Ci-contre un spécimen des gravures.)

LIVRES D'AMATEUR

A PETIT NOMBRE D'EXEMPLAIRES

EN VENTE A NOTRE LIBRAIRIE

LA FONTAINE. Contes et nouvelles en vers, édition dite des *Fermiers-généraux*. Portrait d'après Rigault, gravé par Ficquet; figures d'Eisen, vignettes et culs-de-lampe. *Paris, Barraud*, 1874, 2 vol. in-8 brochés, en carton. Exemplaire sur PAPIER DE CHINE, numéroté. 150 fr. »

— LE MÊME OUVRAGE, superbe exemplaire sur PAPIER WATHMAN, broché, en carton, numéroté; figures sur Chine, montées sur Wathman. 200 fr. »

Les suites de gravures en sanguine sur Chine volant et sur Chine, monté sur Wathman, que nous avions précédemment annoncées, sont ÉPUISÉES.

MÉMOIRES SECRETS sur le règne de Louis XIV, la Régence et le règne de Louis XV, par Duclos. Nouvelle édition augmentée d'une Notice sur la vie et les ouvrages de Duclos, de notes et d'un index, par E. Campardon. *Paris, J. Gay*, 1864, 2 beaux vol. in-8, papier vergé de Hollande, tirage à 195 exemplaires numérotés. EXEMPLAIRES EN GRAND PAPIER. 10 fr. »

LE CHANSONNIER HUGUENOT du XVIe siècle. *Paris, Tross*, 1871, 2 vol. in-16, br., imprimés avec le

E. Champollion sc. Jouaust & Labat éd.

Imp. A. Salmon.

plus grand soin sur papier vergé de Hollande.
EXEMPLAIRES EN GRAND PAPIER. 15 fr. »

A. DINAUX. Les Sociétés badines, bachiques, chantantes et littéraires; leur histoire et leurs travaux. Ouvrage revu et classé par M. Gustave Brunet, avec un beau portrait de l'auteur à l'eau-forte, dessiné et gravé par Staal. *Paris*, 1867, 2 beaux vol. in-8. 12 fr. »

VECELLIO. Costumes anciens et modernes, contenant 513 figures, dessinés fidèlement d'après l'original, par Gérard Séguin, gravés par Huyot, et accompagnés en regard, du texte italien et de la traduction française. *Paris, Ambr. Firmin Didot*, 2 beaux vol. in-8, br., couverture illustrée. 20 fr. »

AMBR. FIRMIN DIDOT. Essai typographique et bibliographique sur l'Histoire de la gravure sur bois, pour faire suite aux *Costumes anciens et modernes* de Vecellio. *Paris*, 1863, vol. in-8, br., couverture illustrée. 5 fr. »

CONTES GRIVOIS en vers par un Épicurien, dédié à tous ceux qui aiment à rire. *Paris*, 1869, 1 vol. in-8, de 144 pages, br. 5 fr. »

Curiosité bibliographique.

L'ABBÉ BOILEAU. De l'Abus des nuditez de Gorge. *Gand*, 1857, 1 vol. in-12, br. 5 fr. »

DISCOURS SUR LA NUDITÉ DES MAMELLES DES FEMMES, par un Révérend Père capucin. Publié pour la première fois, d'après un manuscrit du XVIIIe siècle, avec une préface et une bibliographie. *Gand*, 1856, 1 vol. in-8, vignette sur le titre. 5 fr. »

J. LEMONNYER. Les journaux de Paris pendant la

Commune. Revue bibliographique complète de la presse parisienne, du 19 mars au 27 mai 1871, avec l'indication détaillée des titres, sous-titres, devises, formats, prix et transformations de chaque journal; les noms de ses rédacteurs gérants et imprimeurs; le nombre de numéros parus; les éditions doubles, les numéros rares, les réimpressions et le moyen de les reconnaître, etc., etc. *Paris*, 1871, 1 joli vol. gr. in-18. 5 fr. »

JOURNAL DES INSPECTEURS de M. de Sartines. Documents inédits sur le règne de Louis XV. *Bruxelles* et *Paris*, 1863, 1 vol. in-12. 5 fr. »

LÉGENDES FLAMANDES, par Ch. de Coster. Les Frères de la Trogne. — Blanche, Claire et Candide. — Le sire Halewyn. — Smetse Smee, le forgeron gantois. — Edition de luxe, couverture illustrée, ornée de huit belles eaux-fortes, par Dillens, Félicien Rops, etc. 1 vol. in-8, de 240 pages. *Rare.* 10 fr. »

MADAME LA COMTESSE DE MAURE, sa vie et sa correspondance, suivies des maximes de Mme de Sablé, et d'une étude sur la vie de Mlle de Vandy, par Ed. Barthélémy. *Paris, Gay*, 1863, 1 beau vol. in-12. EXEMPLAIRES EN GRAND PAPIER, numérotés, tirés à 80 exemplaires sur ce papier. 5 fr. »

ŒUVRES POÉTIQUES de Jean Bastier de la Péruse, angoumoisin, 1529-1554. Nouvelle édition publiée par C. Gellibert des Séguins. 1 beau vol. in-8, papier vergé, tiré à 200 exemplaires, dont 100 seulement ont été mis dans le commerce. 10 fr. »

GRAVURES

PORTRAITS — EAUX-FORTES — FRONTISPICES
SUITES DE GRAVURES

PORTRAITS

Première série. — Portraits en taille-douce des collections Gay et Leclère, pouvant illustrer les formats in-12 et in-8.

BUFFON. — COLLÉ, le chansonnier (emblèmes galants). — LA FONTAINE. — CLÉMENT MAROT. — MARGUERITE DE NAVARRE. — MAYNARD. — RABELAIS. — VILLON. — VOLTAIRE.

Epreuves sur papier vergé.	1 fr. »
— sur Chine volant, noires.	1 fr. 25
— en couleur, bleu, bistre ou rouge.	1 fr. 50
Les quatre états, pris ensemble.	4 fr. »

Deuxième série. — Portraits à l'eau-forte des EDITIONS LEMERRE, sur Chine volant, de format in-8, pouvant illustrer l'in-12 et l'in-18.

AMYOT. — ASSELINEAU. — THÉOD. DE BANVILLE. — BARBEY D'AUREVILLY. — BAUDELAIRE (4 portraits). — BEAUMARCHAIS. — REMI BELLEAU. — BERNARDIN DE SAINT-PIERRE. — BOILEAU. — BRIZEUX. — CHATEAUBRIAND. — ANDRÉ CHÉNIER. — COPPÉE. — COURRIER. — DAURAT. — DETRÉ. — JOACHIM DU BELLAY. — DUMAS PÈRE. — THÉOPH. GAUTIER. — GLATIGNY (2 portraits). — EDM. DE GONCOURT. — J. DE GONCOURT. — LÉON GOZLAN. — VICTOR HUGO (5 portraits. — JODELLE. — LABRUYÈRE. — LA FONTAINE (2 portraits). — LAROCHEFOUCAULD. — LECONTE DE LISLE. — JEAN

LEHOUX. — A. LEMOYNE. — LE SAGE. — XAV. DE MAISTRE. — MOLIÈRE. — ALF. DE MUSSET (5 portraits). — PASCAL. — PONTUS DE THIARD. — L'ABBÉ PRÉVOST. — RABELAIS. — RACINE (2 portraits). — H. REGNAULT. — REGNIER. — SAINTE-BEUVE. — SHAKESPEARE. — SOULARY. — SULLY-PRUDHOMME. — VOLTAIRE.

Chaque portrait, au choix. 1 fr. 50.

Troisième série. — Portraits d'acteurs, d'artistes et d'hommes de lettres contemporains, dessinés et gravés à l'eau-forte par Guillaumot fils. Epreuves sur Chine volant, *avant lettre*, format in-8, pouvant illustrer l'in-12 et l'in-18.

EDM. ABOUT. — EM. AUGIER. — BERLIOZ. — BERTHELIER. — BONNAT, peintre. — BRESSANT. — CHAMPFLEURY. — CHATRIAN. — J. CLARETIE. — F. COPPÉE. — COQUELIN AINÉ. — COROT. — Mlle CROIZETTE. — FÉLIC. DAVID. — VIRG. DÉJAZET. — DIAZ. — DUMAS FILS. — ERCKMANN. — Mlle FARGUEIL. — FAURE. — FEBVRE. — OCT. FEUILLET. — CH. GARNIER. — THÉOPH. GAUTIER. — GÉROME. — ARS. HOUSSAYE. — VICTOR HUGO. — ALPH. KARR. — FRÉD. LEMAITRE. — MICHELET. — H. MONNIER. — MONSELET. — H. MURGER. — J. NORIAC. — G. SAND. — SANDEAU. — SARDOU. — JULES VERNE. — ZOLA.

Chaque portrait, au choix. 1 fr. »

Quatrième série. — Portraits divers à l'eau-forte, des collections Poulet-Malassis, Barraud et Pincebourde, généralement de format in-12, ou petit in-8.

BALZAC. — BANVILLE. — ARM. BÉJART. — BÉRANGER. — BERNARDIN DE SAINT-PIERRE (petit médaillon). — CHAMPFLEURY. — DELVAU. — TH. GAUTIER. — GRÉCOURT. — JANIN.

Chaque portrait, épreuves sur vergé, en noir. 1 fr. 25

— noir, bistre ou rouge, épreuves sur Chine. 1 fr. 50

EAUX-FORTES ET FRONTISPICES

POUR LES ÉDITIONS DE POULET-MALASSIS

BALZAC. Contes bruns. — Vignette-frontispice, par Garnier, fac-simile de celle de T. Johannot, pour l'édition originale, sur Chine volant. 1 fr. »

BANVILLE. Poésies. — Frontispice à l'eau-forte, papier vergé. 1 fr. 25

BERANGER. Gaietés. — Frontispice de Rops. (Tres rare).
Epreuves noires sur Chine volant. 2 fr. 50
— bleues, bistres ou sanguines. 3 fr. »

BOREL (Pétrus). Champavert. — Vignette gravée en fac-simile par Garnier, d'après celle de Gigoux pour l'édition originale. Epreuves sur vergé ou Chine volant. 1 fr. »

CHAMPFLEURY. Aventures de Mlle Mariette. — Suite de 4 eaux-fortes de Morin, sur papier vergé. 3 fr. »

— Les souffrances du professeur Delteil. — Suite de 4 eaux-fortes, papier vergé. 3 fr. »

— Monsieur de Boisdhyver. — Suite de 4 eaux-fortes, dessinées et gravées par A. Gaultier, papier vergé. 3 fr. »

— Souvenirs des funambules. — Suite de 4 eaux-fortes, par A. Legros, papier vergé. 3 fr. »

— La Succession Lecamus. — Frontispice de Bonvin.
Epreuves sur vergé noir. 1 fr. »
— Chine volant. 1 fr. 25

CHENEVIÈRES (Marquis de). Contes de Jean de Falaise. — Frontisp. de J. Buisson. Epreuve sur pap. vélin. 1 fr. »

DELVAU (ALFRED). LES DESSOUS DE PARIS. — Superbe frontispice à l'eau-forte, de Flameng.

Epreuves sur papier vergé en noir. 1 fr. 25
— Chine volant, noires. 1 fr. 50
— — bistres ou rouges. 2 fr. »

— FRANÇOISE. — Frontisp. de Thérond, pap. vergé. 1 fr. »

— LE FUMIER D'ENNIUS. — Frontisp. sur pap. vergé. 1 fr. »

— LE GRAND ET LE PETIT TROTTOIR. — Superbe frontispice à l'eau-forte, de Félicien Rops.

Epreuves sur papier vergé, noires. 1 fr. 25
— Chine volant, noires. 1 fr. 50
— — bistres ou sanguines. 2 fr. »

— MÉMOIRES D'UNE HONNÊTE FILLE. — Portrait-frontispice de Carey, supprimé sous l'Empire. (Très rare).

Epreuves sur papier vergé. 1 fr. 50
— Chine volant. 2 fr. »

— MÊME OUVRAGE. — Portrait-frontispice, dessiné et gravé par Staal.

Epreuves sur papier vergé. 1 fr. »
— Chine volant. 1 fr. 25

DURANTY. LES MALHEURS D'HENRIETTE GÉRARD. — Suite de 4 eaux-fortes, de Legros. Epreuves sur pap. vergé. 3 fr. »

DUSOLLIER. PROPOS LITTÉRAIRES ET PITTORESQUES. Frontispice de Benassit.

Epreuves sur papier vergé. 1 fr. »
— Chine volant. 1 fr. 25

FREYDIER. Figures pour *Le Plaidoyer de Freydier*, représentant les Cadenas et Ceintures de chasteté.

Epreuves sur vergé noir. 1 fr. 50
— Chine volant, noires, bistres et rouges (3 états). 3 fr. »

LE CONTE DE LISLE. POÉSIES. — Superbe frontispice dessiné et gravé par L. Duveau. (Très rare).

Epreuves sur papier vergé. 2 fr. »
— Chine volant. 2 fr. 50

MONNIER (H.). BAS-FONDS DE LA SOCIÉTÉ. — Frontispice à l'eau-forte de Rops, gr. in-8, Chine vol. (Très rare). 5 fr. »

MONSELET. LES CRÉANCIERS. — Frontispice de Benassit.
Epreuves sur papier vergé, noires. 1 fr. »
— Chine volant, en sanguine. 1 fr. 50

— LES TRÉTEAUX. — Joli frontispice de Braquemond.
Epreuves sur papier vergé, noires. 1 fr. 50
— Chine volant. 2 fr. »

TABARIN. — ŒUVRES. — Frontispice pour l'édition de la *Bibliothèque Gauloise*. 1 fr. »

SUITES DE GRAVURES

BALZAC. LA PEAU DE CHAGRIN. — Suite complète des 77 charmantes vignettes qui ornent ce volume. Tirage à part, sur Chine volant, in-8. (Très rare). 30 fr. »

BOCCACE. CONTES. Suite complète des 32 gravures sur bois, d'après Baron, Nanteuil, Johannot, etc., gr. in-8.
Epreuves sur Chine. 10 fr. »

BOISARD. FABLES. Suite de 9 figures de Monnet, gravées par Saint-Aubin, Schmitz, etc., in-8. Ancien tirage. (Quelques légères mouillures). 6 fr. »

CONTEURS. CONTES DE LAFONTAINE, VOLTAIRE, VERGIER, GRÉCOURT, etc. — Suite complète des 140 charmantes vignettes de Duplessis-Bertaux, Desenne, etc., tirées à part, gr. in-8.
Epreuves sur Chine volant, bistres, bleues ou sanguines, tirage Barraud. 40 fr. »

FÉNELON. TÉLÉMAQUE. — Suite complète des 24 figures in-8 de Marillier. Bon tirage moderne. 15 fr. »

— ID. — Suite des 24 charmantes figures de Lefebvre. In-18, vélin, ancien tirage. (Rare.) 10 fr. »

FLORIAN. ŒUVRES COMPLÈTES, édition Renouard. — Suite

complète de 80 gravures in-12, d'après Moreau et Desenne. Epreuves sur CHINE, AVANT LA LETTRE. (Très rare). 40 fr. »

FOND DU SAC (LE). Suite complète de 15 charmantes vignettes tirées à part, pouvant illustrer les formats petit in-12 et in-18.

Epreuves noires, papier vergé. 10 fr. »
— — Chine volant. 12 fr. »
— bistr., ou sanguines, Chine vol. 15 fr. »

GRÉCOURT. Suite de 14 vignettes de Duplessis-Bertaux, dont un petit portr.-médaillon, pouvant illustrer les formats in-12 et in-18.

Epreuves noires sur pap. vergé. 5 fr. »
— — sur Chine volant. 6 fr. »
— bistres ou sanguines, sur Chine vol. 8 fr. »

HUGO (VICTOR). LES CHATIMENTS. — Suite complète de 10 eaux-fortes de H. Guérard. Tirage in-8, sur papier de Hollande. (Rare). 10 fr. »

— NAPOLÉON LE PETIT. — Suite complète de 10 eaux-fortes de H. Guérard. Tirage in-8, sur papier de Hollande. (Rare.) 10 fr. »

LAFONTAINE. AMOURS DE PSYCHÉ. — Suite complète de 1 portr. d'après Rigaud, et 8 grav. de Moreau gravés par Delvaux. In-18, à toutes marges. 15 fr. »

— CONTES. — Suite complète des 95 charmantes vignettes de Duplessis-Bertaux, Desenne, etc., tirées à part sur Chine volant.

Epreuves en noir, tirage Barraud. 30 fr. »

FABLES. — Suite complète de 1 portr., d'après Rigault, et 12 gravures de Moreau.

Tirage moderne, sur Chine volant, in-18. 10 fr. »

ID. — Suite complète des 12 jolies gravures de Percier.

Tirage moderne, gr. in-8. 10 fr. »

LONGUS. DAPHNIS ET CHLOÉ, Ed. Leclère. Charmante suite se composant de :

1 frontispice, avec le portrait d'Amyot en médaillon ;
4 grandes gravures d'après Prudhon ;

10 vignettes et culs-de-lampe d'Eisen;
8 vignettes et culs-de-lampe gravés par Fokke pour l'édition du Régent, d'après Cochin et Eisen.
Ensemble 23 jolies gravures, pouvant illustrer les édit. in-12 et in-8.
Epreuves noires, papier vergé. 12 fr. »
— — Chine volant. 15 fr. »
— bistres ou sanguines, chine volant. 20 fr. »

MONTESQUIEU. Arsace et Isménie. — 2 charmantes figures de Le Barbier, pour l'in-12 et l'in-18. Ancien tirage. 2 fr. »

ROUSSEAU. Œuvres. — Suite complète de 42 gravures d'après Devéria, pour l'édition Dalibon. Superbes épreuves sur Chine monté, gr. in-8, avant la lettre. (Très rare). 40 fr. »

— Nouvelle Héloïse. — Suite de 34 gravures sur bois, par Johannot, Baron, Cam. Rogier, etc., tirées à part sur Chine volant, gr. in-8. 12 fr. »

— Emile. — Charmante suite d'après Cochin et Moreau, pour illustrer les éditions in-12 et in-18. Ensemble 10 figures, dont un frontispice. 6 fr. »

SWIFT. Les Voyages de Gulliver. — Suite complète de 10 figures in-18 de Lefebvre, texte anglais, à toutes marges. 6 fr. »

VADÉ. La Pipe cassée, édit. Leclère. — Suite complète des charmantes vignettes d'Eisen, tirées à part sur Chine vol.
Epreuves en noir. 5 fr. »
Epreuves en sanguine. 6 fr. »

VOLTAIRE. La Henriade. — Suite complète de Leprince, 10 grav. in-12.
Épreuves sur Chine, avec lettre. 3 fr. »
— — — avant la lettre. 5 fr. »

— La Pucelle. — Jolie suite complète de 24 fig. de Duplessis-Bertaux, dont 2 portr. et un frontispice, pour illustrer les formats in-12 et in-18.

Epreuves noires, bleues ou sanguines, sur papier vergé ou teinté, la collection au choix. 12 fr. »
Epreuves noires, bleues ou sanguines, sur chine volant, la collection au choix. 15 fr. »

— Charmant frontispice, genre XVIIIe siècle, pouvant illustrer les éditions in-12 et in-8 de *La Pucelle*.
Epreuves en noir, papier vélin. 1 fr. »

Nous publions un catalogue trimestriel de livres anciens, rares ou curieux, à prix marqués. Nous l'adresserons régulièrement aux amateurs qui voudront bien nous en faire la demande.

www.ingramcontent.com/pod-product-compliance
Ingram Content Group UK Ltd.
Pitfield, Milton Keynes, MK11 3LW, UK
UKHW031936260826
14628UKWH00004B/1659

9 782019 704339